SONNETS

EXEMPLAIRE
OFFERT

A

SONNETS

PAR

DEGAS

SONNETS
PAR
DEGAS

I

A José Maria de Hérédia

VOUS n'écorcherez point un Marsyas de peu ;
  Lourdement de jouer un soir lui prit l'envie :
Avant de regagner son ordinaire vie,
Il baise et vous remet l'outil sacré du jeu.

Inoubliable outil de dure poésie
Que vous pouvez, poète, à la forge d'un Dieu
Marteler, ciseler et rougir dans le feu
Pour que sa griffe fume en la rime choisie.

Suez, avec le poids d'une armure de fer
A suivre, en ses détours, une femme cachée
Qui tremble moins que vous.
                          Au bruit frais de la mer

Vous entonnez alors, orgueilleux et vermeil,
Le rude chant qui plait à l'Histoire couchée
Sur vos genoux, après des courses au soleil.

PERROQUETS

A Mademoiselle Cassat
à propos de son Coco chéri

QUAND cette voix criait, presqu'humaine, là-bas,
  Au long commencement d'une même journée,
Ou durant qu'il lisait sur sa Bible fanée,
Que devait ressentir ce Robinson, si las ?

Cette voix de la bête à lui accoutumée,
Le faisait-elle rire ? Au moins il ne dit pas
S'il en pleurait, le pauvre. A cris perçants et gras,
Elle allait, le nommant, dans son île fermée.

C'est vous qui le plaignez, non pas lui qui vous plaint,
Le vôtre. Mais sachez, comme un tout petit saint
Qu'un Coco se recueille et débite, en sa fuite,

Ce qu'a dit votre cœur, au confident ouvert...
Après le bout de l'aile, enlevez-lui de suite
Un bout de langue. Alors il est muet... et vert.

PUR SANG

On entend approcher par saccade brisée
Le souffle fort et sain. Dès l'aurore venu,
Dans le sévère train par son lad maintenu,
Le bon poulain galope et coupe la rosée.

Comme le jour qui naît, à l'Orient puisée
La force du sang donne au coureur ingénu,
Si précoce et si dur au travail continu,
Le droit de commander à la race croisée.

Nonchalant et caché, du pas qui semble lent,
Il rentre en sa maison où l'avoine l'attend.
Il est prêt. Aussitôt vous l'attrape le joueur.

Et pour les coups divers où la cote l'emploie
On le fait, sur le pré débuter en voleur,
Tout nerveusement nu, dans sa robe de soie.

IV

Danse, gamin ailé, sur les gazons de bois.
   Ton bras maigre, placé dans la ligne suivie
Equilibre, balance et ton vol et ton poids.
Je te veux, moi qui sais, une célèbre vie.

Nymphes, Grâces, venez des cimes d'autrefois ;
Taglioni, venez, princesse d'Arcadie,
Ennoblir et former, souriant de mon choix,
Ce petit être neuf, à la mine hardie.

Si Montmartre a donné l'esprit et les aïeux
Roxelane le nez et la Chine les yeux,
A ton tour, Ariel, donne à cette recrue

Tes pas légers de jour, tes pas légers de nuit...
Mais, pour mon goût connu ! qu'elle sente son fruit
Et garde aux palais d'or la race de sa rue.

V

IL semble qu'autrefois la nature indolente,
    Sûre de la beauté de son repos, dormait,
Trop lourde, si toujours la danse ne venait
L'éveiller de sa voix heureuse et haletante ;

Et puis, en lui battant la mesure engageante,
Avec le mouvement de ses mains qui parlaient
Et l'entrecroisement de ses pieds qui brûlaient
La forcer à sauter devant elle, contente.

Partez, sans le secours inutile du beau,
Mignonnes, avec ce populacier museau
Sautez effrontément prêtresses de la grâce.

En vous la danse a mis quelque chose d'à part,
Héroïque et lointain. On sait de votre place
Que les reines se font de distance et de fard.

VI

A Mademoiselle Sanlaville

TOUT ce que le beau mot de pantomime dit,
   Et tout ce que la langue agile, mensongère
Du ballet dit à ceux qui percent le mystère
Des mouvements d'un corps éloquent et sans bruit,

Qui s'entêtent à voir sur la femme qui fuit,
Incessante, fardée, arlequine, sévère,
Glisser la trace de leur âme passagère,
Plus vive qu'une page admirable qu'on lit ;

Tout, et le dessin plein de la grâce savante,
Une danseuse l'a, lasse comme Atalante,
Tradition sereine, impénétrable aux fous.

Sous le bois méconnu, votre art infini veille :
Dès le doute ou l'oubli d'un pas, je songe à vous,
Et vous venez tirer du vieux faune l'oreille.

VII

ELLE danse en mourant. Comme autour d'un roseau,
    D'une flûte où le vent triste de Weber joue,
Le ruban de ses pas s'entortille et se noue.
Son corps s'affaisse et tombe en un geste d'oiseau.

Sifflent les violons. Fraîche, du bleu de l'eau,
Sylvana vient, et là, curieuse s'ébroue ;
Le bonheur de revivre, et l'amour sur sa joue,
Sur ses yeux, sur ses seins, sur tout l'être nouveau...

Et ses pieds de satin brodent comme l'aiguille
Des dessins de plaisir. La capricante fille
Use mes pauvres yeux à la suivre peinant.

D'un rien, comme toujours, cesse le beau mystère.
Elle retire trop les jambes en sautant,
C'est un saut de grenouille aux mares de Cythère.   (1)

(1) var.
    Elle saute en grenouille et je sors de colère.

VIII

A Madame Rose Caron

CES bras nobles et longs, lentement en fureur,
    Lentement en humaine et cruelle tendresse,
Flèches que décochait une âme de déesse
Et qui s'allaient fausser à la terre d'erreur ;

Diadème dorant cette rose pâleur
De la reine muette à son peuple en liesse ;
Terrasse où descendait une femme en détresse,
Amoureuse, volée, honteuse de douleur ;

Après avoir jeté sa menace parée,
Cette voix, qui venait, divine de durée,
Prendre Sigurd, ainsi que son destin voulait !

Tout ce beau va me suivre encore un bout de vie ;
Si mes yeux se perdaient, que me durât l'ouie,
Au son je pourrais voir le geste qu'elle fait.

ACHEVÉ D'IMPRIMER
VINGT EXEMPLAIRES
DE CET OUVRAGE LE
VINGT-CINQ JUIN MIL
NEUF CENT QUATORZE
PAR LES SOINS DE

Printed in the USA
CPSIA information can be obtained
at www.ICGtesting.com
LVHW021952280924
792408LV00003B/808